Angela Mackert

Das Licht der Dämonen

Bibliografische Information der Deutschen National-bibliothek: Die Deutsche Nationalbibliothek verzeichnet diese Publikation in der Deutschen Nationalbibliografie; detaillierte bibliografische Daten sind im Internet über http://dnb.d-nb.de abrufbar.

Copyright © 2012 Angela Mackert
Erstausgabe 2012 by TextLustVerlag
Copyright © 2016 dieser Ausgabe by Angela Mackert
Alle Rechte vorbehalten. Nachdruck oder andere Verwertungen – auch auszugsweise – nur mit Genehmigung der Autorin.
Lektorat: Tatjana Stöckler
Cover- und Innengrafik: Crossvalley Smith Coverlayout: Angela Mackert
Herstellung und Verlag: BoD - Books on Demand, Norderstedt
ISBN 978-3-7412-2452-2

Angela Mackert
www.angela-mackert.de

Angela Mackert

Das Licht der Dämonen

Inhalt

Die Nacht des Gargoyles 7
von Angela Mackert

Begegnung mit einem Vampir 27
von Angela Mackert

Blut und Feuer 48
von Angela Mackert

Über die Autorin 73

Der letzte Schritt auf dem Weg des Schattens führt ins Licht.

DIE NACHT DES GARGOYLES

Die Nacht des Gargoyles
Angela Mackert

Der Blick von hier oben reicht weit über meine Stadt hinaus. Bis zum Horizont sehe ich Ortschaft an Ortschaft gereiht, ab und zu aufgelockert durch Felder, Wiesen und Wälder.

Überall in dieser Landschaft verbergen sich Geheimnisse. Nicht wenige davon scheuen selbst das sanfte Licht der Sterne. Ich könnte sie hervorzerren, doch wozu? Ich schaue darüber hinweg, lasse meine Augen lieber in die Ferne schweifen, hinaus in die Unendlichkeit. Dort befinden sich die wahren Mysterien. Meine Augen durchdringen die Sphären. Meine Nase wittert Wesen, die sich zwischen Himmel und Erde Zutritt in diese Welt verschaffen. Meine Ohren hören ihr Wispern und meine Zunge schmeckt die Absicht, mit der sie kommen.

Die dunklen Geister meiden mich. Ich bin für sie gefährlich, denn durch meinen Körper fließen die Wasser der Schamajim, die sie in den Schlund ihrer Hölle zurückbefördern. Wenn sie können, gehen sie mir aus dem Weg. Mir ist das einerlei. Ich bin, was ich bin, ein Gargoyle, und ich erfülle meine Aufgabe als Wächter der Nacht.

Es ist nicht so, dass ich die Dunklen hasse. Ich befinde mich auch nicht im Krieg mit ihnen. Dazu müsste man mich auffordern. Das hat schon lange niemand mehr getan. Aber wenn die Himmel ihre Schleusen öffnen, dann spucke ich die Dunklen an. Es ist meine Pflicht. Ein alter Instinkt, der auch bei Tag funktioniert, wenn ich schlafe.

Ich schlafe nicht wirklich. Ich ruhe. Wenn die Sonne aufgeht, wird mein Körper schwer und unbeweglich. Die Kälte kriecht in mir hoch und alle Säfte kommen zum Stillstand. Ich höre auf zu atmen, werde zu festem Stein. Andere Kräfte wirken dann durch mich, ohne mein Zutun. Mein Denken und Fühlen bleibt jedoch wach und ich bin mir bewusst, dass man mich in diesem Zustand töten könnte. Ein Steinmeißel und ein Hammer würden genügen, um mir den Kopf abzuschlagen. Deshalb ist mein Ruheplatz oben unter den Dächern des Doms. Dort fühle ich mich sicher und von den Mächten behütet.

Wenn abends die Sonne untergeht, löst sich meine Starre. Das Leben kehrt in meine Glieder zurück. Ich recke und strecke mich und würde am liebsten meine Lust in die aufkeimende Nacht hinausbrüllen. Doch ich nehme Rücksicht auf die Menschen unter mir. Um diese Zeit sind noch zu viele auf dem Platz vor dem Dom und es würde sie erschrecken. Die da unten wissen nichts von mir. Sie haben Legenden, aber sie glauben nicht daran. Alles nur Fantasie, sagen sie sich. Sie betrachten mich als Kunstwerk, von Menschenhand geschaffen. Wie lächerlich. Nur weil ein Steinmetz mir Geburtshilfe geleistet hat. Ich bin wie die Menschen lebendig, beseelt und mit freiem Willen ausgestattet, der mir erlaubt das zu tun, was ich für richtig halte. Ich sehe ein, das geht über deren Verstand. Obwohl, wenn ich an diesen alten Mann denke ...

Wann fiel er mir zum ersten Mal auf? Ich weiß es nicht mehr.

Ich erinnere mich an seine Schritte, die in den frühen Abendstunden schwerfällig über das Pflaster schlurften. Er quälte sich quer über den Platz. Nie hob er den Blick vom Boden. Alle paar Minuten stützte er sich mit beiden Händen auf seinen Gehstock. Es dauerte eine Ewigkeit, bis er das Café gegenüber von meinem Standort erreichte. Dort setzte er sich an einen Tisch. Ich fragte mich, wieso er nicht zu Hause blieb, wenn ihm das Laufen so schwer fiel. Ich konnte mir nicht vorstellen, dass er diese Anstrengung nur wegen der winzigen Tasse auf sich nahm, die ihm der Kellner halb gefüllt mit einer schwarzen Brühe brachte. Immer wieder wanderte mein Blick zu ihm hin. Über eine Stunde saß er da, benetzte ab und zu seine Lippen mit der Flüssigkeit aus dem Tässchen und beugte sein Gesicht über eine Zeitung. Er trug eine Brille. Die setzte er auf und ab, in beständigem Wechsel. Nach einer Weile faltete der Alte das Tagblatt zusammen und seufzte auf. Dieser Ton traf mich bis ins Mark — aber vielleicht nur, weil ich ihn ansah. Der alte Mann wandte mir das Gesicht zu und ich blickte in seine Augen. Sie waren trübe, wie verwaschen. Er sagte nichts. Noch nicht. Doch von da an kam er täglich.

Ich beobachtete ihn und auch er tat das gleiche, obwohl er mich sicher nur als Schatten wahrnahm. Er wollte etwas von mir, das fühlte ich. Ich wartete ab und unvermittelt richtete er eines Abends das Wort an mich.

»Warum sprichst du nicht mit mir, Gargoyle?«

Er sagte das nicht laut. Seine Lippen bewegten sich nicht einmal. Doch seine Stimme klang so klar, dass ich zusammenzuckte. Seine Finger strichen über den Tisch, griffen nach dem Tässchen, das den letzten Rest seines Getränks enthielt, und warfen es beinahe um.

»Was soll ich mit dir reden, alter Mann?«, fragte ich ihn.

Sein Kopf flog zu mir herum und sein zerfurchtes Gesicht strahlte auf, als wenn die Sterne es geküsst hätten. »Es ist also wahr, Gargoyle. Als Kind sah ich einmal, wie du dich bewegtest.«

»Es waren nicht deine Augen, die das gesehen haben.«

Der alte Mann nickte. »Dass du lebendig bist, bedeutet mir viel.«

Ich lächelte. »Ich soll also etwas für dich tun?«

Die Hand des Mannes zitterte, als er seine kleine Tasse zum Mund führte. »Du bist sehr direkt.«

»Das macht dir Angst?«

Der Alte schüttelte den Kopf. Er griff in seine Hosentasche, zog eine Börse heraus und öffnete sie. Nur wenige Münzen lagen darin. »Ich glaube, heute trinke ich einen zweiten Espresso«, sagte er und lachte ein bisschen.

Es überraschte mich. »Eine gewagte Entscheidung, alter Mann.«

»Meinst du? Ich verzichte lieber morgen auf mein Frühstück.«

In seiner Stimme lag eine Ruhe, die mich irritierte. »Armer, alter Mann«, flüsterte ich und staunte. Sein inneres Gehör war ausgezeichnet.

»Ich würde mich nicht als armen Mann bezeichnen. Geld habe ich wenig, aber dafür andere Dinge, die mich reich machen: meine Fantasie, Erinnerungen, Fotos und Geschichten von denen, die schon gegangen sind«, erwiderte er und schaute an der Fassade des Doms entlang bis zu mir herauf.

Ich seufzte. »Und doch hast du Angst!«

Mein Blick erfasste die dämonischen Wesen, die den alten Mann umringten. Sie begleiteten ihn als dunkle Schatten und wichen nicht von seiner Seite. Einer der Dämonen hatte zwei winzige Hörner auf der Stirn und einen gierigen Gesichtsausdruck. Er war jung, gefährlich deshalb, weil er noch kein Maß kannte. Die beiden anderen waren älter. Ich erkannte es an den Hörnern, die wie Dolche unter ihren Haaren hervorschauten. Auch sie ließen ihr Opfer nicht aus den Augen. Sie piesackten den Alten, schürten seine Emotionen und saugten mit offenen Mündern die Energie, die daraus erzeugt wurde. Ich war mir sicher, dass der alte Mann nicht wusste, dass seine Furcht die Nahrung der Dämonen war.

Er leugnete seine Angst nicht. »Ja, Gargoyle. Ich fürchte mich. Meine Freude ist verloren.«

»Du musst die Dunkelheit aus dem Herzen verjagen.«

Die Dämonen hoben den Blick zur Fassade des Doms und schauten zu mir herauf. Sie fauchten mich an, riefen mir Verwünschungen zu. Ich achtete nicht darauf, sondern konzentrierte mich auf den Alten. Fahl und müde wirkte sein Gesicht. Seine Lippen zitterten, als wäre all seine Hoffnung bereits zunichtegemacht.

Der alte Mann senkte den Blick. »Ich weiß nicht wie. Kannst du das für mich tun? Bist du nicht ein Beschützer, Gargoyle?«

»Sicher«, erwiderte ich. »Ich bin ein Beschützer, wie alle meiner Art. Aber wir Gargoyles haben verschiedene Aufgaben, jeder nach seinen Fähigkeiten. Ich selbst sehe weit über diese Welt hinaus in die Himmel. Ich achte darauf, dass im Kommen und Gehen das Gleichgewicht gewahrt bleibt.«

»Dann kannst du mir nicht helfen?« Die Stimme des alten Mannes klang brüchig.

»Das habe ich nicht gesagt. Hell und dunkel zugleich ist das Leben, bis zum Schluss. Das musst du akzeptieren. Doch wo ein Tor sich schließt, öffnet sich ein anderes.«

Der alte Mann flüsterte. »An dieser Schwelle stehe ich. Mein Leben geht zu Ende. Ich kann es nicht mehr lange halten.«

»Trauer gehört zum Abschied. Angst nimmt das Bewusstsein.«

Der Alte trank einen Schluck und starrte in das Tässchen. »Mir ist, als ob ich meine Tage besser hätte nutzen sollen.«

»Wie kannst du dich dann reich fühlen?«

Der alte Mann dachte lange nach. »Die Erinnerung meiner Vergangenheit hat wunderschöne Farben. Ich habe geliebt und ich wurde geliebt. Doch es gibt auch dunkle Stellen, Dinge, die ich falsch gemacht habe, und ich kann es nicht mehr ändern. Das schmerzt. Außerdem lässt mich mein Körper im Stich. Auch das schmerzt.«

»Wenn das Neue kommt, muss das Alte gehen.«

»Ich soll also alles fahren lassen? Was bleibt mir dann?«

»Die Leere, alter Mann. Sie ist wichtig!«

Er schwieg, schlang seine Hände ineinander. Die drei Dämonen rückten näher an ihn heran, griffen mit ihren Schattenhänden in seinen Leib, quetschten seine Eingeweide und walkten sein Herz.

»Was kommt danach?«, flüsterte er.

»Das, wofür du offen bist.«

Der alte Mann sah überrascht zu mir hoch. Sein Gesicht leuchtete plötzlich auf und er nickte, immer wieder. »Gargoyle, du weißt, was mich bewegt. Du siehst in mein Herz. Ich bitte dich, steh mir bei.«

Ich neigte ihm mein Haupt zu. Der Alte hatte eine Bitte an mich gerichtet, der erste Mensch seit langer Zeit.

»Ich werde kommen«, sagte ich zu ihm.

Der alte Mann legte seine Hände auf eine Stelle über seinem Bauchnabel und atmete tief durch. Er schien wie befreit. Seine Aura erstarkte, hüllte ihn in kraftvolles Licht, das die Dämonen blendete. Sie schrien auf und reckten die Fäuste gegen mich. Dann stoben sie davon.

Ich flüsterte. »Siehst du? So einfach ist es.«

Diesmal hörte mich der alte Mann nicht. Er winkte den Kellner herbei und bezahlte seine Rechnung. Als er ging, neigte er seinen Kopf vor mir, lächelte. »Ich erwarte dich, Gargoyle.«

Am nächsten Tag hielt ich vergeblich nach dem alten Mann Ausschau. Ich lauschte in die beginnende Nacht hinaus, doch ich nahm nichts Ungewöhnliches wahr. Als es dunkel wurde, erhob ich mich von meinem Lager und flog hoch in die Lüfte. Immer höher stieg ich hinauf, bis nahe an den Vorhang des ersten Himmels. Dort zog ich meine Kreise, schaute hinunter auf die Schatten der Berge, auf die im Mondlicht glitzernde See und die Lichter der Städte, die sich meinem Auge wie eine Spielzeuglandschaft darboten. Als ich das herannahende Ende der Nacht fühlte, kehrte ich zurück. Über dem Haus des alten Mannes verharrte ich einen Moment. Frieden lag darüber. Ich erreichte meinen Ruheplatz, kurz bevor die Sonne aufging und mich zur Bewegungslosigkeit zwang.

Am Abend danach, als ich wieder erwachte, galt mein erster Gedanke dem Alten. Ich schaute über die Häuser der Stadt bis zu seinem Heim. Die Mauern wurden für mich durchsichtig und ich beobachtete ihn. Er saß an einem Tisch und betrachtete alte Briefe und Fotos. Es schien mir, als ob er lächelte.

Am dritten Abend fühlte ich sofort, dass etwas anders war. Die Luft trug eine Stimmung wie an Festtagen, wenn die Orgel des Doms ihre erhebenden Klänge zu den Himmeln schickt. Ich wusste, heute war die Nacht. Als das geschäftige Treiben auf dem Domplatz zur Ruhe kam, erhob ich mich, um mein Versprechen zu erfüllen.

Das Haus des alten Mannes befand sich in einer Gasse. Ich pustete mit meinem Atem das Fenster im zweiten Stock auf und sah ihn. Sein Körper kauerte reglos in einem alten, abgewetzten Sessel. Daneben stand der Alte in seiner neuen, strahlenden Äthergestalt. Noch begriff er nicht viel. Ich sah es an seinem Gesicht. Er starrte auf seinen toten Körper, aus dem er herausgetreten war. Dann bewegte er vorsichtig seine Hände, die durchscheinend waren, wie alles an ihm.

»Komm«, sagte ich.

»Mein Gehstock …«

»Du brauchst ihn nicht mehr.«

Er schaute mich ungläubig an, ging ein paar Schritte und fing dann an zu tanzen.

Ich lachte. »Siehst du?«

Der alte Mann ging auf mich zu, streichelte meine üppige Mähne, meine Wangen, meine Nase. »Wie schön du bist, wie weich. Nie habe ich dich am Dom in solcher Pracht wahrgenommen.«

»Jetzt siehst du das Wesentliche. Komm, es wird Zeit, alter Mann.«

Der Alte zögerte, schaute noch einmal durch den Raum. Sein Blick streifte jeden Gegenstand und blieb am Sessel hängen. »Was wird aus ihm?«

»Dein Körper geht den Weg allen Fleisches. Du brauchst ihn nicht mehr und es sollte dich nicht kümmern.»

»Ein seltsames Gefühl, dass ich meinen Körper nun zurücklasse.« Er stieg auf meinen Rücken.

Ich breitete meine Schwingen aus und wir erhoben uns in die Luft. »Was willst du sehen?«, fragte ich ihn.

»Alles! Vor allem möchte ich noch einmal das Meer sehen.«

Ich nickte.

Wir glitten über die Stadt und ich ließ ihm Zeit. Er schaute und schaute. Unter uns glommen die Lichter der Straßenlaternen und über uns strahlten die Sterne. Die dunklen Wesen hielten Abstand.

Der alte Mann wurde still, aber nach einer Weile hörte ich ihn flüstern. »Mir ist, als ob ich meine Stadt nie wirklich gesehen hätte. Der Dom, das Café, die alten Häuser, die mir ihre Geschichten zuflüstern. Die Menschen, die in ihren Betten schlafen. Habe ich ihnen zugehört? ... Dort unten, unter der Brücke, dieses Mädchen. Ich bin ihr begegnet, ohne sie zu beachten. Sie friert.«

»Sieh genauer hin!« Ich blieb fast in der Luft stehen und der alte Mann beugte sich herunter.

»Da sind grauenvolle Wesen. Sie greifen nach ihr, quälen sie.« Er stöhnte und verbarg sein Gesicht in meinem Haar.

»Schau noch einmal«, forderte ich.

Er zögerte, doch dann riskierte er es. Eine Weile blieb der Alte stumm, schaute, beobachtete. Mit einem Male sog er tief den Atem ein. »Da ist noch etwas. Licht und hell. Ein Wesen. Es spricht mit ihr, legt den Arm um sie.«

»Ein Engel.«

Der alte Mann wurde lebhaft. »Er wird die Dämonen verjagen.«

Ich schüttelte den Kopf. »Nein, das muss die Frau selbst tun. Hast du nicht auch deine Dämonen selbst weggeschickt?«

»Ich wusste nicht, dass solche Wesen um mich waren.«

»Du hast sie angelockt mit deiner Angst. Das nährte sie, und als du deine Angst losgelassen hast, mussten sie gehen.«

Der alte Mann schmiegte sich an mich. Seine Hände streichelten mein Haar und ich spürte, wie er lächelte. »Du hast mir Kraft gegeben«, sagte er.

»Du hast sie angenommen. Hell und dunkel zugleich ist alles Leben. Das sagte ich dir. Erinnerst du dich? Die hellen Kräfte stärken den, der sich dafür entscheidet, und die dunklen Mächte hängen sich an den, der es zulässt.«

Noch einmal ließ der Alte seinen Blick über die Stadt schweifen. Nach einer Weile richtete er sich auf. Er legte die Hände auf meine Stirn und lachte. »Du bist ein Engel, Gargoyle.«

Ich wandte meinen Kopf zu ihm und grinste. »Schmeichler! Du weißt so gut wie ich, dass das nicht stimmt. Wie ist es, hast du genug hier gesehen, alter Mann?«

Er kuschelte sich an mich. »Es liegt schon hinter mir.«

Ich stieg mit dem Alten höher in die Luft und nahm Kurs auf das Meer. Städte, Dörfer, Wiesen und Wälder boten sich auf dem Weg dahin unserem Auge. Zum ersten Mal sah ich die Welt, wie der Alte sie sah, mit Staunen und Freude. Ich sah nicht hell und dunkel im gegeneinander wiegen, wie ich es sonst zu sehen pflegte. Heute nahm ich die Schönheit dazwischen wahr, vom Mond beschienene Wege, auf denen die Nachtfalter tanzten, stille Plätze, fast berstend vor Kraft und geheimnisvolle Winkel voll dunkler Schatten. Mit einem Mal erkannte ich die Wahrheit. Nichts im Universum wurde geschaffen ohne Zweck. Nichts im Universum ist je zufällig entstanden. Die Lichten und die Dunklen schaffen gemeinsam das Leben. Denn wer könnte das Licht ertragen, wenn es nicht von den Schatten gedämpft würde, und wer könnte die Dunkelheit ertragen, wenn sie nicht vom Licht erleuchtet würde?

Eine Weile sprachen wir nichts, wir glitten still durch die Lüfte und dann tauchte vor uns das glitzernde Wasser auf. Die Brandung tönte bis zu uns herauf.

Der alte Mann beugte sich nah an mein Ohr. »Hör nur, diese großartige Musik, wenn die Wasser heranrollen, und sieh nur, diese unendliche Weite, bis zum Horizont. Die Sterne spiegeln sich und der Himmel ist nah.« Er lauschte, schaute und konnte sich kaum sattsehen. »Meinst du, ich könnte noch einmal das salzige Wasser um meine Füße spüren? Es ist so lange her.«

Ich nickte, lenkte meinen Flug nach unten und landete am Strand.

Der Alte stieg von meinem Rücken. Er zögerte nicht eine Sekunde, sondern watete gleich ins Wasser. »Es kitzelt«, sagte er und lachte.

Wie ein Kind sprang er in die Fluten, kehrte um und ließ sich vor den Wellen ans Ufer spülen. Wasser floss durch seinen ätherischen Körper hindurch. Dann stand er eine Zeit lang da und starrte über das Meer. Ich wandte mich ab. Dieser Augenblick gehörte ihm allein.

»Ich bin bereit«, sagte der Alte nach einer Weile und stieg wieder auf meinen Rücken. »Ist es weit?«

»Nicht für mich.«

Ich stieß mich vom Boden ab, schraubte mich in die Luft, höher und höher. Die Welt unter uns entschwand.

Der alte Mann wurde unruhig. »Was erwartet mich?«

»Das, wofür du offen bist. Denke an das Schöne, das du gesehen hast. Gleich fliegen wir durch den Vorhang.«

»Was ist der Vorhang?«

»Der erste Himmel, das erste Tor zu deinem neuen Leben.«

Allmählich erschienen in der Luft immer mehr Geister. Engel kämpften mit Dämonen. Sie maßen ihre Kräfte aneinander, ließen Blitze zucken. Keiner siegte. Keiner wurde vernichtet. Natürlich nicht. Es hätte das Universum aus dem Gleichgewicht gebracht. Ich spürte, wie sich die Finger des alten Mannes in mein Haar krallten. Eine der dunklen Gestalten raste auf uns zu und griff nach ihm. Er schrie auf. Die Dämonen ringsum lachten, rückten näher heran und suchten uns niederzudrücken.

»Was hast du gelernt, alter Mann?«, rief ich.

Der Alte atmete heftig und ich fühlte, wie er sich auf das Licht konzentrierte. Ich hörte ihn beten. Die lichten Wesen lächelten uns zu. Ich bekam wieder Auftrieb.

Vor uns lag nun der Schleier. Die Dämonen drehten ab. Der Vorhang hob sich und vom Wind wurden wir durch eine Wolkenlandschaft getrieben.

Der Alte hielt vor Entzücken den Atem an. Leuchtende Wesen hüllten uns in strahlendes Licht und trugen uns weiter. Ich konnte ausruhen, Kraft sammeln, während uns Sphärengesang einhüllte und immer mehr erhob.

»Was ist das?« Der alte Mann flüsterte.

Er wies auf einen rötlichen Schein, dem wir näher kamen.

»Die Veste liegt vor uns.«

Der rötliche Lichtschein formte sich zu einem mächtigen Flammentor, das sich teilte, um uns durchzulassen. Während wir durch die Veste flogen, deutete der alte Mann nach unten. Wütendes Feuer flammte dort. Dazwischen reckten sich Berge in die Höhe, über und über mit Schnee bedeckt, der trotz der Hitze nicht schmolz.

»Sieh nur!« Vor lauter Aufregung stieß sich der Alte den Kopf an einem der Eiskristalle, die in der Luft schwebten, und er riss mir ein Haar aus, weil er sich fest in meine Löwenmähne krallte.

»Feuer und Eis regieren hier … und ich würde meine Mähne gern behalten.«

»Entschuldige, aber ich höre Schreie von da unten, Kettenrasseln. Das macht mir Angst.« Er sprach hektisch.

Auch ich hörte die Stimmen. Sie schrien, jammerten, tobten. Es klang schauderhaft. Aber ich war nicht das erste Mal hier und kannte es.

»Beruhige dich! Die Abtrünnigen können uns nichts tun. Sie werden bewacht.«

Ich deutete auf eine majestätische Gestalt, die auf den Flammen schritt, umringt von strahlenden Wesen. Der alte Mann atmete auf und hielt kurz darauf wieder die Luft an. Ein goldenes Tor ragte vor uns auf, das mit magischen Zeichen geschmückt war.

»Wir sind angekommen«, sagte ich.

»Was erwartet mich hinter dem Tor?«

»Ich sagte dir schon: das, wofür du offen bist.« Ich landete auf einem mit Blumen bedeckten Fleckchen Erde vor dem Eingang. Der alte Mann stieg von meinem Rücken. Ich spürte, wie die Sehnsucht ihn zum Tor drängte. Doch er blieb bei mir stehen, nahm mein Haupt in beide Hände und küsste mich auf die Schnauze. Es machte mich verlegen. »Nun geh schon«, brummte ich. »Leb wohl, alter Mann.«

Die Flügeltüren gingen weit auf. Dunkelgrüne Wälder, saftige Wiesen und Felder lagen dahinter und in der Ferne schimmerte das Meer, das der Alte so sehr liebte. Über allem lag strahlendes Licht und die Schatten gaben ihm Tiefe. Von allen Seiten wurde der alte Mann begrüßt. Eigentlich glaubte ich, dass er sich nicht mehr nach mir umblicken würde. Doch ich täuschte mich. Wir sahen uns an und lächelten uns zu. Dann schloss sich das Tor. Ich verharrte noch eine Zeit und machte mich auf den Rückweg. Nur wenige Minuten, bevor die Sonne aufging, erreichte ich meinen Lagerplatz unter den Dächern des Doms. Ich fiel in tiefen Schlaf.

Wochen und Monate sind seither vergangen. Wenn mein Blick durch die Sphären schweift, suche ich den alten Mann. Bevor ich ihn kennenlernte, achtete ich wenig auf die Menschen. Ich tat meine Pflicht. Ich hielt die Welt im Gleichgewicht, indem ich dafür sorgte, dass die dämonischen Kräfte nicht überhandnahmen. Heute ist das ein wenig anders. Ich erfülle immer noch meine Pflicht, aber ich sehe nicht nur Licht und Schatten, sondern auch die Facetten, die sie erzeugen. Es sind Farben, welche die Welt bunt erscheinen lassen. Wenn ich hinunterschaue, auf den Vorplatz des Doms, sehe ich mir die Menschen an. Ich schaue in sie hinein und frage mich, ob sie Ähnlichkeit haben mit dem alten Mann. Ich glaube, ja und nein. Jeder ist anders, lebt anders und doch verbindet sie das Menschsein. Vielleicht spricht mich wieder einmal einer an. Ich wünsche es mir. Wir könnten voneinander lernen, die Dunkelheit vertreiben – und am Ende würden wir in die Himmel aufsteigen.

BEGEGNUNG MIT EINEM VAMPIR

Begegnung mit einem Vampir
Angela Mackert

Der Platz war so, wie der alte Mann ihn beschrieben hatte: Links lag das Moor, und die Felsenhöhle wurde eingerahmt von zwei hohen Tannen. Mit klopfendem Herzen ging Stefan darauf zu. Vorsichtig schob er das Gestrüpp vor dem Eingang beiseite. Grob behauene Stufen führten ins Dunkel hinunter.

Die untergehende Sonne tauchte den Fels in orangerotes Licht. Hastig trat Stefan zurück. Ihm fielen die Worte des Alten ein. Er hatte ihn beschworen, die Höhle zu meiden, ihn vor dem Vampir gewarnt und gemeint, dass er sein Leben aufs Spiel setzen würde, wenn er nach ihm suchte.

Stefan schüttelte den unangenehmen Gedanken ab. Sein Verlangen nach der Unsterblichkeit, die dieses Wesen ihm geben konnte, fegte alle Bedenken weg. Er musste den Vampir sehen, ihn erleben, unbedingt. Fürs Erste brauchte Stefan nur ein gutes Versteck. Danach würde er weitersehen.

Suchend schaute Stefan sich um. In sicherer Entfernung vom Höhleneingang ragten drei dicht beieinanderstehende Tannen auf. Er zurrte seinen Rucksack fester auf den Rücken und kletterte an den Zweigen hinauf. Ein dicker Ast bot ihm einen bequemen Sitzplatz. Stefan lehnte sich an den Stamm und griff nach seinem Fernglas. Als die letzten Sonnenstrahlen verschwanden, verkrampfte sich seine Haltung. Was, wenn der Vampir ihn riechen konnte oder sein Atmen hörte?

Der Mond stieg auf und die Nacht legte sich wie Blei über den Wald. Die Konturen der Bäume verschmolzen zu einer unheimlich wirkenden Masse.

Am Eingang zur Höhle raschelte es. Stefans Hände krallten sich an den Baumstamm. Ein Mann in schwarzem Umhang trat vor den Felsen. Als er den Kopf wandte, erblickte Stefan ein Gesicht, das im Sternenlicht wie Alabaster schimmerte. Ein altersloses Gesicht. Die hohe Stirn, die Wangenknochen und das markante Kinn ließen es ausgesprochen männlich erscheinen. Der Ausdruck darin erschien jedoch überraschend sanft. Er verlieh den Gesichtszügen atemberaubende Schönheit.

So sieht der Tod aus!

War das wirklich sein eigener Gedanke? Das sah ihm nicht ähnlich. Erschrocken duckte sich Stefan tiefer in die Zweige. Sein Herz klopfte wild. Er fühlte mehr, als dass er sah, wie der Vampir sich drehte, hörte das Flattern seines Mantels.

Dann blieb alles still.

Eine Zeit lang wagte Stefan kaum zu atmen. Irgendwann begriff er, dass er allein war. Der Vampir wird sich ein Blutopfer suchen, dachte er und war froh, dass er nicht entdeckt worden war. Vor seinem geistigen Auge stieg das engelsgleiche Gesicht des Vampirs auf. Mordete er wirklich so grausam, wie man erzählte? Stefan griff nach seinem Nachtglas und richtete es auf den Höhleneingang. Jetzt könnte er dort hineingehen und sich umsehen. Aber er traute sich nicht.

Kurz vor dem Morgengrauen kehrte der Vampir zurück. Auf seinen Wangen lag ein rosafarbener Hauch und die Lippen glühten blutrot. In seinen Armen trug er eine Frau. Ihr langes Haar wogte bei jedem Schritt. Stefan beobachtete, wie der Vampir mit seiner Last zum Moor ging. Er hielt den Atem an. Der Unsterbliche hob die Arme und warf die Frau wie eine Puppe in das brackige Wasser hinein. Ungerührt sah der Vampir zu, wie sein Opfer einsank. Dann verschwand er so schnell in der Höhle, dass Stefans Blick ihm nicht folgen konnte.

Stefan klammerte sich an den Ast, auf dem er saß. Widerstreitende Gefühle überschwemmten ihn. Er bewunderte die emotionslose Handlungsweise des Vampirs und doch schnürte es ihm bei dem Gedanken an die im Moor versunkene Frau den Atem ab.

Als die Sonne aufging und ihr Leuchten durch den Wald schickte, kletterte Stefan von seiner Tanne. Seine Beine zitterten, fast wäre er gestürzt. Seine Gedanken kreisten immer wieder um den Vampir und seine Taten. In der Vergangenheit waren Menschen aus der Stadt verschwunden und nie wieder aufgetaucht. Lagen sie alle im Moorsee? Getötet von dem Vampir? Stefan atmete tief durch, nickte. Natürlich. Was für eine Frage! Blut für Leben. Dieser Vampir tat nur, was er tun musste.

Stefan ging nach Hause, um sich auszuruhen. Aber er fand keinen Schlaf, wälzte sich unruhig im Bett.

Bereits am späten Nachmittag kehrte er wieder zurück, um den Blutsauger weiter zu beobachten. Auch die Höhle wollte er inspizieren, doch erst dann, wenn er die Gewohnheiten dieses Wesens studiert hatte.

Jede Nacht saß Stefan von nun an auf der Tanne und schaute dem Kommen und Gehen des Vampirs zu. Er empfand das als Beginn einer intimen Beziehung. Reizvoll umso mehr, da der Vampir nicht ahnte, dass er beobachtet wurde. Kein Detail blieb Stefan verborgen. Er studierte die Haltung des Wesens, die Bewegungen, das Gesicht. Wenn der Unsterbliche abends aus der Höhle trat, waren seine Lippen bleich, und wenn er gegen Morgen zurückkehrte, glänzten sie rot vom Blut, das er genossen hatte. Seine Opfer versenkte der Vampir jedes Mal im Moor. Er schien nicht wählerisch. Nach der Frau war es ein Obdachloser, den Stefan in der Stadt schon einmal gesehen hatte; danach ein dicker Mann mittleren Alters, der bestimmt Frau und Kinder hinterließ. Das Opfer der vierten Nacht musste wohl einer der Junkies aus dem Stadtpark sein. In der siebten Nacht kehrte der Vampir mit einem Kind in den Armen zurück. Der Anblick des kleinen, schlaffen Körpers trieb eine Schockwelle durch Stefans Adern. *Was? Hast du heute keinen Erwachsenen gefunden?* Als das kleine Mädchen im Moor versank, hätte er schreien mögen. Aber das hätte ihn verraten. Fest presste er deshalb seine Hände auf den Mund.

Stefan wurde abgelenkt, weil er einen Luftzug hinter sich spürte. Aus den Augenwinkeln sah er etwas Dunkles auf sich zurasen. Es streifte seinen Hals. Stefan hob die Hand, um sich zu schützen, da war es auch schon vorbei. Er hörte ein Flattern. Eine Fledermaus flog in die Büsche vor der Höhle.

Im ersten Impuls wollte Stefan fliehen. Doch dann klammerte er sich an den Ast, auf dem er saß. Er hatte nichts zu befürchten. Waren der Vampir und er nicht verwandte Seelen? Er fühlte sich ihm so nah. Näher als jedem Menschen, den er kannte. Eine seltsame Erregung packte ihn. Was der Vampir wohl empfand, wenn er Blut trank? In Stefans Kopf entstanden aufpeitschende Bilder. Er sah Vampirzähne, die sich in unschuldiges Fleisch bohrten; das Gesicht eines Engels, der sich die blutverschmierten Lippen leckte, die schreckgeweiteten Augen der Opfer. Stefan taumelte nach Hause und ließ sich auf sein Bett fallen. Sofort schlief er ein. Im Traum hetzte er mit dem Unsterblichen durch dunkle Gassen, tötete wie im Rausch jeden, der ihm in die Quere kam, und badete in Strömen von vergossenem Blut.

Als er am Nachmittag erwachte, fühlte er sich wie gerädert. Er ging ins Bad und goss sich kaltes Wasser ins Gesicht. Es half nicht viel. Die Müdigkeit blieb. Er rieb sich über die Bartstoppeln und betrachtete sein Gesicht im Spiegel. Er sah fürchterlich aus. Wie ein Gespenst. Seine Hand glitt an seinem Hals entlang. Was waren das für zwei rote Flecke? *Er hat mich gebissen!* Stefans Lachen klang zu laut. Das konnte nicht sein. Niemals! Er hätte das doch mitbekommen!

Ein Zittern erfasste ihn und er krallte sich am Waschbecken fest. Der Alte hatte ihn gewarnt, aber jetzt war es für einen Rückzug zu spät. Wie unter Zwang zog Stefan sich um und schulterte seinen Rucksack. Kurz vor Sonnenuntergang saß er wieder auf seinem Platz in der Tanne.

Als der Vampir aus seiner Höhle trat und verschwand, wartete Stefan nur kurze Zeit ab. Die Gelegenheit musste er nutzen. Er kletterte aus dem Baum. Mit klopfendem Herzen näherte er sich dem Felsen. Stefan kramte seine Taschenlampe aus dem Rucksack, schob das Gestrüpp beiseite und zwängte sich durch den Höhleneingang.

Grobe Stufen führten in eine Steinhalle tief unter der Erde. An den Wänden brannten Fackeln. Hatte der Vampir sie entzündet? Etwa fünfzig Schritte voraus befand sich eine bogenförmige Öffnung in der Felswand. Licht schimmerte von dort heraus. Es warf bewegte Schatten in die Halle. Stefan drückte sich neben dem Durchgang seitlich an die Wand und schaute vorsichtig in den Raum. Niemand war darinnen.

Er trat ein. Beim Anblick der Einrichtung verschlug es ihm den Atem. Auf dem Boden lagen wertvolle Perserteppiche. Gemälde hingen an den Wänden, zumeist mit Motiven nackter Menschen. Die Bilder schienen Jahrhunderte alt zu sein, wertvoll, genau wie die gepflegten Truhen und Möbel. Einen Sarg entdeckte Stefan nirgends, dafür ein breites Bett mit einem Baldachin, gemütlich ausgestattet mit Kissen und Fellen.

An vielen Stellen im Raum brannten Kerzen. Sie erzeugten eine gespenstische Atmosphäre. Stefans Nackenhaare stellten sich plötzlich auf. Besser, er ging jetzt. Doch Stefan zögerte, trat stattdessen an den Kastentisch und betrachtete den Becher und die Karaffe darauf. Der Becher war leer, aber die Karaffe noch halb gefüllt mit einer dunklen Flüssigkeit. Er nahm das Gefäß in die Hand und schnupperte. Es roch nach geronnenem Blut.

Ein Luftzug in seinem Rücken ließ Stefan herumwirbeln. Im Durchgang stand der Vampir. Seine stahlblauen Augen fixierten Stefan. Das Wesen trat einen Schritt vor und hob herrisch die Hand. Hinter ihm ächzte und rumpelte es. Eine Felsplatte über dem Portal rutschte in einer metallenen Führung nach unten und versperrte den Fluchtweg. Ein eisiger Schock jagte durch Stefans Körper. Eine Falle! So hatte er sich das nicht vorgestellt. Der Blutsauger verzog den Mund zu einem kalten Lächeln. »Dich willkommen zu heißen, wäre gelogen«, sagte er. »Aber wir werden trotzdem unseren Spaß miteinander haben.«

Innerhalb eines Augenblicks stand der Vampir neben ihm. Stefan spürte seinen festen Griff auf der Schulter. Eigentlich nicht unangenehm. Ein Finger strich an seinem Hals entlang und metallisch-süßlicher Atem wehte in sein Gesicht.

»Du brauchst ein Pfefferminzbonbon«, murmelte Stefan.

»Frechheit und Dummheit sind eine gefährliche Mischung.« Der Vampir betrachte ihn mit einem undefinierbaren Lächeln.

»Ich wollte nicht unhöflich sein.« Stefan versuchte, das Zittern seiner Glieder zu unterdrücken. »Bitte verzeih mein Eindringen. Ich habe nach dir gesucht. Ich …« Stefan fing an zu stammeln. »Ich schreibe an einer Dissertation über Vampire. Mythos und Wahrheit …«

»Ich weiß.« Der Vampir setzte sich auf einen der Scherenstühle, die um den Tisch standen, und bedeutete Stefan, es ihm gleich zu tun.

Stefan atmete auf. Die Lüge über seine angebliche Doktorarbeit war ihm glatt über die Lippen gerutscht, und wie es schien, glaubte ihm der Vampir. Dann stutzte er. »Du weißt?«

»Glaubst du etwa, dass du unentdeckt geblieben bist, Stefan? Erinnere dich an das, was ich sagte, am ersten Tag, als du dich in der Tanne versteckt hast: *So sieht der Tod aus.*«

Die letzten Worte erzeugten in Stefans Kopf einen grausigen Nachhall. »Woher weißt du meinen Namen?« Seine Stimme versagte fast.

Der Vampir lachte auf. »Was ich wissen will, erfahre ich.«

Stefan schluckte und versuchte seiner Stimme Festigkeit zu verleihen. »Verrätst du mir auch deinen Namen?«

»Mein Name ist kein Geheimnis.« Die Augen des Vampirs funkelten. »Als ich zur Zeit der heiligen Kriege geboren wurde, nannte man mich Ekarius. Den Rufnamen habe ich beibehalten, als ich zum Unsterblichen wurde.«

Stefan rechnete. »Dann bist du ja mindestens siebenhundert Jahre alt.«

»Siebenhundertvierundsiebzig Jahre, um genau zu sein.«

Stefan straffte die Schultern. »Darf ich für eine Weile an deinem Leben teilhaben?« Er räusperte sich. »Wegen meiner Dissertation, meine ich ...«

»Ich habe schon damit begonnen.« Die Worte klangen lässig, doch der Blick des Vampirs zog Stefan machtvoll in seinen Bann. Die zwei Male an seinem Hals zuckten plötzlich, als hätte ihn etwas gestochen. Stefan rieb mit der Hand darüber und seine Augen weiteten sich in jähem Schreck. Ekarius lachte. »Wie ich sehe, verstehen wir uns.«

Ehe Stefan begriff, was geschah, war er über ihm. Seine kräftigen Arme hielten ihn wie Eisen umklammert. Als der Vampir die Zähne in seinen Hals schlug, spürte Stefan einen rasenden Schmerz und gleich darauf samtweiche Lippen, die seine

Haut kneteten. Die Zunge des Vampirs streichelte seinen Hals, erfasste jeden Tropfen des aus der Wunde schießenden Bluts. Stefan stöhnte gequält auf und erschauerte doch im gleichen Moment auch vor Lust.

Erneut durchzuckte ihn der Schmerz, als Ekarius seine Zähne aus der Halswunde zog. Ein Stoß gegen seine Brust schleuderte Stefan mitsamt dem Stuhl nach hinten an die Wand. Verängstigt blieb er in zusammengesunkener Haltung sitzen und blickte zu Boden. Nach einer Weile hob er seine zitternde Hand und berührte die Wunden an seinem Hals. Als Stefan seine Finger vor das Gesicht hob, sah er darauf feucht glänzende Blutstropfen.

»Wieso hast du das getan? Sterbe ich jetzt?«, flüsterte er.

Ekarius sah ihn mit unbewegtem Gesicht an. »Liegen nicht Lust und Leid dicht beisammen, nach deinem Glauben?« Er wies mit dem Kopf hinüber auf das Bett. »Ruh dich aus.«

Wie in Trance hörte Stefan das dumpfe Reiben und Knirschen des steinernen Mechanismus, der das Portal öffnete. Der Vampir schlüpfte hindurch und gleich darauf schloss sich der Raum wieder. Er war eingesperrt, doch ihm fehlte die Kraft, sich darüber Sorgen zu machen. Stefan tastete nach seinem Rucksack und zog daraus ein Lederband hervor, an dem ein hölzernes Kreuz baumelte. Er betrachtete es. Als er die Suche nach dem Vampir plante, hatte er es extra weihen lassen. Für alle Fälle. Jetzt schalt er sich, weil er es nicht von Anfang an um seinen Hals gelegt hatte. Mit ungelenken Bewegungen band er es um und wankte zum Bett. In seinem Körper kämpften Feuer und Eis. Er ließ sich in die Kissen fallen, zog die Decke über sich und schloss erschöpft die Augen. Doch er konnte nicht schlafen. Ihm war, als ob ihn etwas hinauszog in die Nacht. Bilder stiegen vor ihm auf. Er hörte die Stimme von Ekarius. »Sieh hin«, sagte er, »das ist deine Stadt.«

Stefan sah sich neben dem Vampir und verstand nicht, wie das sein konnte. Er betrachtete das Rathaus, ging mit Ekarius durch den Torbogen und auf die Brücke dahinter, die über den Stadtfluss führte. Er starrte in das hüpfende Wasser, klammerte sich am Geländer fest.

Ekarius fasste an das Kreuz um Stefans Hals. Seine Mundwinkel zogen sich verächtlich nach unten. »Bekommst du Angst vor deinem eigenen Mut? Das Kreuz ist wirkungslos«, sagte er und zog ihn daran unerbittlich weiter. »Du wolltest sehen!«

Unvermittelt befand sich Stefan in einer düsteren, schmutzigen Gasse. Der Vampir drückte ihn gegen eine Hauswand. Aus der Ferne erklang

Gelächter. Als es verstummte, klapperten Absätze über das Pflaster. Das Geräusch kam näher. Eine junge Frau bog um die Ecke, nicht ganz sicher auf den Beinen. Ab und zu knackste sie auf ihren Stöckelschuhen um. Es schien ihr nichts auszumachen, sie summte ein Lied vor sich hin.

Ekarius verschmolz fast mit den Schatten der Häuser. Stefan wimmerte. Er klammerte sich an den Mantel des Vampirs und beschwor ihn. »Lass sie gehen!«

Der Vampir stieß ihn zurück, griff nach der Frau und stieß seine Zähne in ihren Hals. Ein spitzer Schrei löste sich aus der Kehle seines Opfers. Die Augen der Frau weiteten sich in panischem Schrecken. Ekarius ließ nicht von ihr ab, bis der letzte Tropfen Blut ihre Adern verlassen hatte. Als lebloses Bündel fiel sie zu Boden.

Stefan zitterte am ganzen Leib. Er presste sich an die Hauswand. Seine Fingernägel kratzten über den Putz. Er glaubte, sich übergeben zu müssen.

Ekarius schaute ihn kalt an. »Ist es nicht das, was du wolltest?« Der Vampir hob einen Gullydeckel hoch und warf ihm einen herrischen Blick zu. »Wirf sie da rein.«

Stefan reagierte nicht. Er starrte Ekarius nur an und dachte an das Moor, in dem der Vampir die früheren Opfer versenkt hatte.

Ekarius knurrte. »Was glaubst du, wie viele Leichen da hinein passen? Das war nur wegen dir. Ein wenig Theatralik, um dich zu beeindrucken. Jetzt mach schon, wirf sie da rein!«

Eine Welle unerklärlicher Wut schwappte über Stefan. Er beeilte sich, dem Befehl Folge zu leisten. Mühsam zog er die tote Frau an den Gully und zwängte sie hindurch. Mit einem grässlichen, dumpfen Ton schlug sie unten in der Kanalisation auf. Ekarius schloss den Deckel und stieß Stefan unvermittelt zurück.

»Still!«

Erneut hallten Schritte durch die Gasse. Sie waren nicht laut wie die von der Frau, aber fest und zielstrebig. Stefan sah einen muskulösen Mann herankommen. Er hatte keine Chance gegen den Vampir.

Dreimal tötete Ekarius in dieser Nacht. Jedes Mal wurde Stefan zu seinem erzwungenen Helfer. Irgendwann verblassten die Bilder jedoch. Stefan wurde weggetragen, zurück in die Höhlenkammer. Dunkelheit hüllte ihn ein.

Er erwachte vom Geräusch des sich öffnenden Portals. Der Vampir trat ein und der Eingang schloss sich wieder. Ekarius trug eine Flasche in der Hand. Er holte aus einem Regal einen Becher und goss von dem Inhalt hinein. Dann trat er an das Bett und hielt Stefan das Gefäß hin. Er zögerte, es anzunehmen. Ihm wurde übel vom Blutdunst, den der Vampir verbreitete. Außerdem fühlte er sich völlig geschwächt.

»Trink, das bringt dich nicht um.« Die Augen des Vampirs funkelten spöttisch. Er half Stefan, sich aufzurichten und hielt ihm den Becher unter die Nase. »Guter, starker Rotwein, mit ein wenig Ingwer.«

»Willst du mich betrunken machen?« Stefans Stimme klang kraftlos. Gehorsam trank er den Becher leer. Wärme breitete sich in seinem Bauch aus und belebte seine Glieder. Ekarius zog eine Semmel aus der Manteltasche und drückte sie ihm in die Hand. Stefan wollte hineinbeißen, doch auf halbem Weg zum Mund stoppte er. Ein Tropfen Blut schimmerte auf der hellen Kruste. Er rieb mit dem Finger darüber. Aber das Blut war schon angetrocknet. Er streckte seine Zunge heraus und leckte daran. Es schmeckte metallisch. Er sah den Vampir nicht an, aber er wollte es wissen. »Heute Nacht, ich hatte das Gefühl …«

»Mit mir unterwegs zu sein?«

Stefan nickte und biss widerwillig in die Semmel.

»Ich habe von deinem Blut getrunken. Wenn ich will, kann ich dich überall hin mitnehmen, ohne dass du auch nur einen Schritt tust. Du kannst das für deine Dissertation verwenden.« Der Blick des Vampirs wurde eiskalt.

Es versetzte Stefan einen Stich. Hatte Ekarius seine Lüge durchschaut? Es musste wohl so sein, denn er konnte Gedanken lesen. Heute Nacht war es zumindest so.

Er beeilte sich, das Thema zu wechseln. »Du hast mein Blut getrunken und ich lebe noch. Hast du vor, mich zu einem Vampir zu machen?«

»Ja, das willst du. Ein Vampir sein, wie ich.«

Stefan öffnete den Mund, um zu widersprechen. Doch dann schloss er ihn wieder und blieb stumm. Es war die Wahrheit. Deshalb hatte er den Vampir gesucht. Deshalb hatte er die Warnungen des Alten in den Wind geschlagen. Er wollte die Unsterblichkeit, um jeden Preis, wollte sein wie Ekarius, stark, machtvoll, unbesiegbar. Durch Stefans Kopf zuckten Bilder der letzten Nacht. Mit welcher Leidenschaft der Vampir seine Opfer umarmt hatte! Stefan erinnerte sich an das Gefühl, als Ekarius sein Blut schlürfte, an die Erregung, die ihn bei diesem Akt ergriffen hatte. Dies würde er als Vampir immer wieder erleben, diese rauschhafte Verschmelzung beim Austausch des Lebens.

»Der Blutdunst wird dich bis in die Ewigkeit umgeben, genauso wie die Angst der Opfer, wenn sie ihrem Tod in die Augen blicken.«

Stefan wertete die Worte des Vampirs als Einverständnis. »Ich werde mich daran gewöhnen«, sagte er.

Das Gesicht von Ekarius blieb ausdruckslos. »Heute Nacht.« Er warf Stefan mit einer leichten Bewegung aus dem Bett, sodass er auf dem Vorleger landete, und legte sich selbst hinein. Sekunden später waren beide eingeschlafen.

Als Stefan die Augen wieder aufschlug, fühlte er die Finger des Vampirs auf seinen Wunden liegen. Schmerz durchzuckte seinen Hals, aber er ließ sich nichts anmerken. Er richtete sich auf. »Ist es soweit?«

»Nicht hier«, erwiderte Ekarius.

Der Durchgang war bereits offen. Die Fackeln in der Halle draußen brannten. Sie warfen unruhige Schatten auf den Boden. Der Vampir ging ohne weitere Erklärung hinaus. Stefan folgte ihm, ohne Fragen zu stellen. Seine Hände wurden feucht, als er daran dachte, dass er sein Blut vollständig geben musste. Er redete sich ein, dass es sein würde wie beim letzten Mal, und danach trank *er* das Blut des Vampirs.

Sie stiegen die Treppen hinauf und traten durch den Höhleneingang ins Freie. Stefan kniff wie geblendet die Augen zusammen, obwohl das Licht sich bereits verabschiedet hatte. Sein Blick flog zum Himmel empor. Er schaute die Sterne und den Mond. Bald würde er ein Kind der Nacht sein und geschützt durch ihre Schatten nach Blutopfern jagen. Beeindruckt von diesem Gedanken lächelte er und wollte etwas sagen. Da bemerkte er, wie Ekarius den Weg zum Moor einschlug.

»Wieso gehst du mit mir dahin?«

»Ich will, dass du hineinsiehst. Ich will, dass du weißt!« Der Vampir griff ihn grob am Arm und zerrte ihn an den Rand des Moorsees. Stefan gewann den Eindruck, als ob das brackige Wasser durchsichtig würde. Er sah menschliche Gestalten darin, so viele, dass er sie nicht zu zählen vermochte. »Das ist nichts«, sagte Ekarius. »Hunderte von Jahren des Bluttrinkens, Tausende von Leichen, überall verborgen. Willst du das wirklich?«

Stefan zögerte nicht. »Sie sind der Preis der Unsterblichkeit. Ich werde mich daran gewöhnen.«

Das Gesicht des Vampirs ließ nicht erkennen, was er dachte. Es blieb unbeweglich wie das Antlitz einer griechischen Statue. Nur der sanfte Schein, der seinen Gesichtszügen diese unbeschreibliche Anmut gab, schien sich zu verstärken.

»So sei's also«, flüsterte er, packte Stefan an den Schultern und bog seinen Hals.

Stefan schrie auf, als sich die spitzen Zähne in sein Fleisch bohrten. Er hielt den Schmerz kaum aus und wartete verzweifelt auf die Erregung, die ihn tragen würde. Sein Herz raste, immer schneller, beängstigend. Die Ekstase blieb aus. Dafür spürte er, wie der rasende Schlag seines Herzens langsamer wurde. Seine Kraft schwand. In seinen Ohren dröhnte das Schmatzen des Vampirs. Panik überwältigte ihn. Er wehrte sich, versuchte, sich aus der Umklammerung zu lösen. Es gelang ihm nicht. Irgendwann ließ Ekarius ihn einfach fallen und setzte sich neben ihn auf den Boden.

»Ich sterbe! Oh Gott, ich sterbe«, jammerte Stefan.

»Das ist wahr!« Der Vampir sah ihn nicht an, sondern starrte über das Moor.

»Gib mir dein Blut, ich flehe dich an. Gib mir dein Blut!«

Ekarius wandte ihm sein Gesicht zu. In seinen Augen brannte ein Feuer, das Stefan nicht deuten konnte. Der Vampir zog ihn in seine Arme und wiegte ihn wie ein Kind. »Was weißt du über die Unsterblichkeit!«

Mit dem letzten Rest seiner Energie klammerte sich Stefan an den Mantel des Vampirs. »Lehre mich, was es heißt. Rette mich! Gib mir dein Blut!« Seine Worte waren kaum mehr als ein Röcheln.

»Nein«, sagte Ekarius und schleuderte Stefan von sich weg in den Moorsee. »Ich habe dich gelehrt und du hast nichts verstanden. Du bist fühllos. Der Tod ist kein Spiel, an das du dich gewöhnen sollst.«

Stefan spürte, wie es ihn nach unten zog. Er ruderte verzweifelt mit den Armen. Der Vampir wandte sich ab und ging zur Höhle zurück. Stefan wimmerte. Mit seinen letzten Kräften versuchte er, sich aus dem Moor herauszuwinden. Je mehr er sich bewegte, desto schneller sank er ein. Sein Mund füllte sich mit der braunen Brühe. Sie nahm ihm den Atem. Als Stefans Körper versank, galt sein letzter Gedanke dem Alten. Hätte er ihm nur besser zugehört. Der Mann hatte ihn gewarnt, gesagt, dass im Vampir der Tod wohnt, der ihm ein Fluch ist, — und dass dieser Fluch denen das Licht raubt, die das Leben gering schätzen.

BLUT UND FEUER

Blut und Feuer
Angela Mackert

»Jedes Mal, wenn einer reinen Seele Schmerz zugefügt wird, erweckt das einen Dämon, der die Flamme des Lichts schluckt, die durch ihre Tränen zu erlöschen droht. In ihm entfacht sie sich zu einem Feuer, das euch und eure Welt vernichten kann. Seid wachsam, wenn ihr einem solchen Dämon begegnet. Ihr müsst ihm seine Hitze nehmen, sie verwandeln. Nur dann kann er seine Aufgabe erfüllen und das Licht wiedergebären.«

Aus dem Buch der magischen Gilde von Kildora

Sie kämpften seit dem Sonnenaufgang. Hinter ihnen brannte die Stadt Kildora. Die Feuer loderten hoch in den Himmel und der Wind trieb die Rauchschwaden über das Feld. Schreie von Frauen und Kindern, fern und doch nah, vermischt mit dem Gebrüll der Kämpfenden und dem Klirren von aufeinanderschlagenden Schwertern. Dumpfes Poltern von Mauerwerk. Die Wahrzeichen der Stadt, die silbernen Türme, zerbarsten im Feuer. Ein Geruch nach verbranntem Fleisch hing Jarven in der Nase. Es machte ihn rasend. Mara! Er hatte sie in der Stadt sicher geglaubt. Ein

Trugschluss. Die Vahelior hatten das Heer auf dem Schlachtfeld eingekesselt und die Abwehr überwunden. Angriff von allen Seiten. In unbändiger Wut schwang Jarven sein Schwert und hieb mit aller Kraft auf seine Feinde ein.

Alvgrim, sein Feldherr und Freund, kämpfte mit ihm Seite an Seite. Sein Kampfgeschrei klang fürchterlich. Es spornte Jarven an, weckte in ihm ungeahnte Kräfte. Noch war nicht alles verloren. Sie konnten Kildora zurückgewinnen, wenn sie nur auf dem Schlachtfeld siegreich blieben. *Tod unseren Feinden.* Jarven brüllte. Keiner dieser Schlächter sollte davonkommen. Neben ihm ein Röcheln. Aus den Augenwinkeln sah er Alvgrim zu Boden sinken. Ein Vahelior reckte neben ihm die Waffe in die Luft und schrie seinen Sieg heraus. Jarven rammte ihm das Schwert in den Leib, beugte sich gleich darauf zu Alvgrim.

»Mein Freund, was ist mit dir? Steh auf!« Er streckte seinem Feldherrn die Hand entgegen, kämpfte mit der anderen weiter.

Alvgrim versuchte, auf die Beine zu kommen. Mit einem Seufzer fiel er zurück. Am Bauch färbte sich sein Gewand rot. Mit unendlicher Mühe formten seine Lippen ein Wort. »Rückzug!«

»Der Feldherr ist getroffen. Rückzug!« Jarven Stimme brach abrupt ab. Eine unendliche Schwere machte sich in seinem Körper breit, als sein Befehl Mund zu Mund weitergetragen wurde. Alvgrim. Sein Freund. Er hatte ihn für unverwundbar gehalten. Die Vahelior jubelten, nutzten die letzten Augenblicke des Kampfes, um noch ein paar Mal mehr tödliche Wunden zu schlagen.

Zusammen mit dem treuen Kilrim trug Jarven seinen Herrn in das Feldlager auf der Anhöhe neben dem Eichenwald und legte ihn auf die Bettstatt seines Zelts.

Der herbeigerufene Bader blieb nicht lange. Es gab aussichtsreichere Fälle. Ein paar Stunden noch, ein paar Tage. Mehr Zeit unter den Lebenden verblieb Alvgrim nicht. Jarven raufte sich vor Verzweiflung die Haare. Was sollte werden ohne ihn? Wie sollten sie ihr Land Armaii vor den Barbaren beschützen, wenn Alvgrim nicht mehr da war? Und Mara? Seine wunderschöne Mara. Wie konnte er noch hoffen, sie aus der Gewalt der Vahelior zu retten, wenn Alvgrim starb. Sein Freund. Seine Kraftquelle. Verzweifelt sank Jarven vor dem Lager des Sterbenden nieder.

Alvgrim tastete nach ihm, presste mit überraschender Kraft seinen Arm. »Du weißt, was zu tun ist, mein Freund.«

Jarven glaubte verstanden zu haben und ging nach draußen. Er musste die Soldaten beruhigen.

Kilrim schob mit zwei anderen Männern vor dem Zelt Wache. Sie wurden umringt von Kriegern. Ihre Gesichter zeugten von der verlorenen Hoffnung.

»Verliert nicht den Mut! Die Götter beschützen ihn.« Jarven versuchte, seiner Stimme Festigkeit zu geben. Es fiel ihm schwer. Der nahe Tod des Feldherrn war schließlich nicht seine einzige Sorge. Er trat zu Kilrim und legte die Hand auf seine Schulter. »Schicke ein paar Männer aus. Vielleicht erfahren sie etwas über Mara. Ich kann hier nicht weg.«

Jarven ging zurück ins Zelt. Mit einem feuchten Tuch wischte er sanft den Schweiß von Alvgrims Stirn. Atmete er noch? Wo sollten sie hin, wenn es mit ihm vorbei war? Die Stadt Kildora war verloren. Armaii war verloren. Jarvens Gedanken stolperten durcheinander und beinahe hätte er das Flüstern überhört, mit dem Alvgrim auf sich aufmerksam machte.

»Du musst das Horn zu Pulver zerreiben und es mir unter die Zunge legen.«

Jarven beugte sein Ohr an Alvgrims Mund. »Was hast du gesagt?«

»Das Horn des Einhorns. Unter die Zunge, auf die Augen.«

Jarven erschrak. Vor Tagen hatten sie darüber gesprochen, dass man mit dem Pulver aus dem

Horn eines Einhorns Kranke heilen und Tote wiedererwecken konnte. Aber es gab niemanden mehr, der dieses Wunderpulver besaß. Das wussten sie beide.

»Es wäre ein Verbrechen gegen die Götter«, sagte er.

»Tue es nicht für mich, mein Freund. Tue es für unser Land, für Armaii. Heute Nacht noch.« Die Stimme des Feldherrn war kaum mehr als ein Hauch.

»Du fieberst. Ich hole dir frisches Wasser.« Jarven sprang auf, griff nach dem Wasserkrug und verließ fluchtartig das Zelt.

Während er zur Quelle ging, versuchte er sich zu beruhigen. Alvgrim war nicht mehr Herr seiner Sinne. Er wusste nicht mehr, was er da redete. Ein Pulver zu verwenden von einem verendeten Einhorn war eine Sache, eines dafür zu töten, eine andere. Das konnte niemand von ihm verlangen.

Viel zu schnell befand sich Jarven mit dem vollen Krug Wasser wieder auf dem Rückweg zum Zelt. Ein völlig neues Gefühl stieg in ihm auf. Ein Gefühl, das ihm riet, sich von Alvgrim fernzuhalten. Aber diesem Gefühl durfte er nicht nachgeben. Die schwerste Stunde des Feldherrn stand bevor. Er brauchte seinen Beistand. Er brauchte einen Freund. Jarvens Blick schweifte über das Schlachtfeld, an dessen Rand er schritt. Noch vor wenigen Stunden hatte er dort gekämpft. Jetzt schritten Soldaten umher und bargen die Toten. Ihre Rufe klangen erschöpft. Waren die Leiden, die sie alle ertragen hatten, umsonst? Gras, getränkt von Blut, wohin er auch schaute. Abgetrennte Gliedmaßen, zersplitterte Schwerter, überall zerstreut. An einem Baumstamm lehnte ein Krieger, noch mit dem Schwert in der Hand und den starren Blick in die Ferne gerichtet. Ein Opfer des Krieges, stellvertretend für viele.

Als Jarven vor dem Zelt des Feldherrn ankam, nickte Kilrim ihm zu. Es war alles in Ordnung, außer dem Umstand, dass ihr Anführer starb. Schon am Zelteingang hörte Jarven ihn stöhnen. Er beeilte sich, hineinzukommen.

Jarven füllte einen Becher mit dem frischen Wasser und stützte Alvgrims Kopf, damit er trinken konnte. Tropfen rannen dabei in Alvgrims Bart. Er verschluckte sich, hustete, und presste die Hände auf den Bauch. Sie färbten sich rot.

Jarven ließ Alvgrim vorsichtig in die Kissen zurückgleiten.

»Wie kann ich dir Erleichterung verschaffen, mein Freund?«

Die blutverschmierte Hand des Feldherrn umklammerten Jarvens Arm. »Du kannst unsere Krieger nicht zum Sieg führen, das weißt du. Wenn ich nicht mehr bin, ist alles verloren«, sagte er hustend. »Du musst das verhindern. Du kannst Armaii retten. Töte ein Einhorn und hilf mir zu leben, damit ich euch führen kann.«

Jarven wandte das Gesicht ab. Sein Herz zog sich zusammen in nie gekanntem Schmerz. »Nein! Es wäre Frevel. Der gewaltsame Tod eines so reinen Wesens ist kein gutes Mittel für das Leben.«

»Du musst es tun!« Alvgrim bäumte sich auf. Sein Griff wurde unerwartet hart, dann schlaff. Er röchelte und sank ohnmächtig in sein Kissen zurück.

Die Zeit kroch dahin. Irgendwann entstand draußen vor dem Zelt Bewegung. Stimmen klangen. Jarven blickt zum Eingang. Die Plane wurde beiseitegeschoben und mit Kilrim kam das warme Licht der untergehenden Sonne herein.

Kilrim winkte Jarven zu sich her. »Wie steht es um ihn? Irgendeine Veränderung?«

»Er schläft«, log Jarven und trat mit Kilrim vor das Zelt. »Hast du Neuigkeiten für mich?« Jarvens Blick flog zu den Soldaten, die in gebührendem Abstand standen und zu Boden blickten.

»Ja. Aber es sind keine guten Neuigkeiten«, sagte Kilrim. Er deutete auf die Soldaten. »Sie brachten Nachricht von Mara. Du musst stark sein, Jarven.

Die Vahelior haben deine Frau geschändet und dann von den Zinnen der Stadtmauer gestoßen.« Kilrim sprach stockend. Seine Hand fiel schwer auf Jarvens Schulter. »Es schmerzt mich, dir das zu sagen … ich fühle mit dir und ich brenne darauf, Mara an deiner Seite zu rächen. Sie war zu jedem gut. Jarven, sag es mir. Wirst du uns gegen die Vahelior führen, wenn der Feldherr in die andere Welt gegangen ist?«

»Noch ist Alvgrim nicht tot.« Jarven konnte kaum sprechen. Die Muskeln in seinem Gesicht spielten nicht mit. Sie pressten sich zusammen, gaben ihm eine schmerzende Maske, die seine Gefühle für Mara und seinen Hass auf die Vahelior verbarg. Niemand sollte sehen, wie er litt. Jarven drehte sich um und ging zurück ins Zelt. Er setzte sich vor die Bettstatt des bewusstlosen Feldherrn. Atmete er noch? Ja, unregelmäßig.

»Mara ist tot«, flüsterte Jarven.

Eine Träne bahnte sich den Weg aus Jarvens Auge. Wie lange würde es noch dauern, bis auch Alvgrim tot war? Mara und Alvgrim, die beiden, die er von ganzem Herzen liebte. Ein einziger unglückseliger Tag beraubte ihn beider. Es war kaum zu ertragen. Die Krieger da draußen bangten um die Zukunft. Sie erwarteten von ihm, dass er sie nach Alvgrims Tod führte. Konnte er das? Er war nicht wie Alvgrim. Seine Stärke lag im Kampf, nicht in der Führung. Im Kampf war er Alvgrim ebenbürtig, aber sonst? Mara. Sie hätte ihm sagen können, ob er sich das zutrauen durfte. Aber Mara war nicht mehr. Vielleicht hatte Alvgrim recht. Er war nicht zum Anführer geboren. Jetzt, da ihm Maras Liebe genommen war, erst recht nicht. Eine falsche Entscheidung und sein Volk würde noch mehr leiden. Pulver vom Horn eines Einhorns. Was gäbe er dafür, es in Händen zu halten. Aber er konnte kein Einhorn töten. Mara würde ihn für diese Freveltat verachten.

Jarven schlang seine Hände ineinander, faltete sie auf und zu. Lange saß er so da und grübelte. Nur einmal stand er auf, um ein Talglicht anzuzünden. Es warf seinen flackernden Schein auf Alvgrims Gesicht, das allmählich eine wächserne Farbe annahm. Der Feldherr starb, bald, würde vermutlich nicht einmal das Bewusstsein wiedererlangen. Was sollte er tun? Er wollte Mara rächen, ihren Tod vergelten. Es verlangte ihn so sehr danach. Ohne Alvgrim würde ihm das nie gelingen. Er hatte nicht seine Stärke, war zu schwach. Armaii und sein Volk würden untergehen, geschlagen und vernichtet von den Vahelior, die trotz der anhaltenden Kämpfe nichts von ihrer Kraft und Grausamkeit verloren. Ja, Alvgrim hatte recht. Er konnte die Vahelior nicht besiegen. Er war nur Jarven, ein Gefolgsmann, kein Herr. Aber mit Alvgrim gab es eine Chance, das Land zu retten.

»Mara, verzeih mir. Es ist auch für dich.« Jarven flüsterte. Er warf einen letzten Blick auf Alvgrim, löschte dann das Talglicht und ging aus dem Zelt. Längst war die Nacht hereingebrochen. Kilrim, der noch immer Wache hielt, schaute ihn fragend an. »Ich glaube, wir können hoffen. Er schläft tief und ruhig.« Jarven schaute Kilrim fest am. »Ich verlasse mich auf dich. Bewache ihn gut, lass niemand zu ihm hinein. Ich muss eine Weile allein sein, um nachzudenken.«

Als Jarven den Weg zum Wald einschlug, war er sich sicher, dass Kilrim keinen Verdacht geschöpft hatte. Wie auch? Er hatte schließlich keine Ahnung von dem, was er vorhatte. Jarvens Gewissen schlief allmählich ein. Er tat es für sein Land Armaii und für seine Mara. Sie selbst hatte ihm den Platz gezeigt, an dem die Einhörner sich zusammenfanden. War das Schicksal? Es war ein friedlicher Platz, erfüllt vom Licht, umgeben vom Gesang der Vögel und dem Tanz der Schmetterlinge. Er würde diesen Platz wiederfinden und die Nacht würde ihm helfen, seine Tat zu verbergen.

Die dunklen Schatten begannen schon zu weichen, als Jarven endlich das Licht zwischen den

Bäumen sah. Mitten darinnen stand ein einzelnes Einhorn. Das Fell des pferdeähnlichen Geschöpfs leuchtete weiß und sein Horn verbreitete einen sanften Schimmer. Es zupfte mit den Zähnen Blätter von einem Strauch. Jarven ging vorsichtig näher heran. Das Einhorn warf den Kopf zur Seite und schaute ihn an.

»Du hast Mara gekannt«, flüsterte Jarven.

Als Antwort bekam er ein leises Schnauben, wie als Zustimmung, dass er näher herangehen durfte. Jarven streichelte über die Mähne des Einhorns, über seine Flanken. Es gab ihm Frieden, doch es ließ ihn nicht sein Vorhaben vergessen. Jarven lehnte seine Wange an den Kopf des Tiers, griff heimlich nach seinem Messer. Sein Mund näherte sich dem Ohr des Einhorns.

»Der Krieg fordert Opfer.«

Mit einer schnellen Bewegung stach er zu. Blut schoss aus dem Hals des Einhorns heraus. Ein Tropfen davon benetzte das linke Auge des Tieres, das ohne einen Laut zur Erde sank.

Jarven stürzte mit ihm. Er starrte in das Auge mit dem Blutstropfen und hätte schreien mögen.

Verzeih mir! Verzeih mir!

Verzweifelt streichelte er über die bebenden Nüstern des magischen Geschöpfs, bis ihn ein explosionsartiges Geräusch innehalten ließ. In einer jähen Bewegung warf das Einhorn den Kopf hoch. Jarven glaubte, dass es ihn, seinen Mörder, anschauen wollte. Doch nicht auf ihn richtete es seinen Blick, sondern auf die Stadt Kildora, die von hier aus durch die Bäume hindurch sichtbar war. Dort hob sich eine Feuersäule zum Himmel und der Turm der magischen Gilde, welcher der Feuersbrunst am Morgen noch standgehalten hatte, brach auseinander. Das Einhorn schlug mit dem Kopf auf dem Boden auf und starb. In seinen Augen spiegelte sich das Feuer der brennenden Stadt.

Während Jarven das Horn des Einhorns an sich nahm, fühlte er in sich bohrenden Schmerz. Der Platz kam ihm nun dunkel vor. Das zauberhafte Licht erlosch, weil er das Einhorn getötet hatte. Schuld. Ewige Schuld. Es gab keinen Trost für ihn. Keinen Frieden. Nie mehr. Mara, das Liebste ihm genommen, und der Feind hatte Kildora soeben den Todesstoß versetzt. Die Männer und Frauen der magischen Gilde konnten nicht überlebt haben, keiner, der möglicherweise in ihrem Turm Zuflucht gesucht hatte. Es blieb ihm nur eine Hoffnung. Alvgrim, den er ins Leben zurückholen musste.

Jarven hieb das Horn in Stücke, verstaute sie in einem Beutel und machte sich auf den Rückweg.

Die Sonne ging schon auf. Trotzdem nahm er sich die Zeit, noch einen Armvoll Kräuter zu sammeln und er dachte auch daran, sich zu säubern. An der Quelle, an der er am Mittag den Wasserkrug gefüllt hatte, wusch er die verräterischen Blutspuren von sich ab.

Vor Alvgrims Zelt tummelten sich die Soldaten. Er erschrak. War der Feldherr tot und wussten sie es? Als die Männer seiner ansichtig wurden, liefen sie auf ihn zu. Sie sprachen vom Turm der magischen Gilde.

Jarven winkte ab. »Ich habe die Explosion gesehen.« Er hob den Kräuterstrauß hoch. »Das wird unserem Herrn helfen. Er wird gesund und dann werden wir die Gräueltaten der Vahelior vergelten.« Jarven schob sich an Kilrim vorbei ins Zelt. »Keine Störung jetzt.«

Das Dämmerlicht im Zeltinneren weckte in Jarven ein Gefühl von bitterer Einsamkeit. Es war so still. Kein Atmen und die Geräusche von draußen schienen weit weg. Er fing an zu zittern, vermied es, zu Alvgrims Bettstatt zu schauen. Mit weichen Knien ging Jarven zur Feuerstelle, entfachte die Glut und hängte den Kessel mit Wasser darüber. Während er die Kräuter hineinstreute, dachte er an Kilrim. Als sie sich eben anblickten, hatten sich Kilrims Augen verdunkelt. Welche

Gedanken verbarg der Mann? Er hatte nichts gesagt.

Jarven seufzte und ging dann umher, um den Mörser zu suchen. Er musste zu Ende bringen, was er begonnen hatte. Der Duft der erhitzen Kräuter füllte schon den Raum. Bestimmt konnten sie es auch draußen riechen. Ob er Kilrim damit täuschen konnte? Endlich fand er den Mörser. Mit klammen Fingern öffnete er seinen Beutel und nahm ein Stück vom Horn des Einhorns heraus. Mit seinem Messer begann er, daran zu schaben. Bilder stiegen dabei in ihm auf. Grauenvolle Bilder. Immer wieder sah er sich selbst, wie er dieses Messer in den Hals des Einhorns stach. Jarvens Augen wurden feucht. Was hatte er getan? Er war froh, als er endlich genug Pulver in seinem Mörser hatte. Mit dem Gefäß in der Hand ging Jarven zu Alvgrims Lager und zog sich den Hocker heran.

»Ich habe es getan, mein Freund«, flüsterte er.

Alvgrim regte sich nicht. Seine Augen blieben geschlossen. Jarven überwand sich und legte seine Finger an Alvgrims Hals. Seine Haut fühlte sich kalt an. Kein Puls. Kein Atem. Seine Brust hob und senkte sich nicht. Jarven biss sich auf die Lippen. Er war nicht bei ihm gewesen, als Alvgrim seinen letzten Atemzug tat, aber er würde bei ihm sein, wenn er wieder in diese Welt zurückkehrte.

Ihr Götter, vergebt mir! Jarven nahm von dem Pulver und legte es unter Alvgrims Zunge. Dann streute er noch ein wenig davon auf seine Augen. Still blieb er danach sitzen und beobachtete ihn. Was, wenn es nicht gelang? Verzweifelt wartete Jarven auf ein Zeichen. Es schien endlos zu dauern, ehe er das Leuchten sah. Es schimmerte aus Alvgrims Mund und aus seinen Augen. Mit der Zeit erlosch es wieder und dann tat Alvgrim einen tiefen Atemzug.

»Du hast es getan.« Alvgrim schaute ihn an.

Jarven lächelte, doch sein Lächeln erstarb schnell, als er in Alvgrims Augen blickte. Feuer spiegelte sich darin und in seinem linken Auge schwamm ein Blutfleck. Er hatte das schon einmal gesehen, in den Augen des sterbenden Einhorns.

»Blut und Feuer. Feuer und Blut.« Alvgrim presste die Worte hervor. Er versuchte, sich aufzurichten. Sein Körper zitterte in einer seltsamen Unruhe und sein Blick richtete sich in die Ferne. »Es schreit nach Rache. Die Vahelior ...«

»Du bist noch nicht soweit und alle glauben dich schwer verletzt. Du musst dir Zeit lassen.« Jarven drückte Alvgrim auf das Lager zurück.

Alvgrim wehrte sich. Er sprach wie im Fieber. »Nein! Der Krieg fordert Opfer. Die Vahelior. Wir müssen kämpfen, siegen.«

Jarven lief es eiskalt den Rücken hinunter. Hatte er nicht dasselbe in das Ohr des Einhorns geflüstert? *Der Krieg fordert Opfer ...*

Kraft gegen Kraft. Jarven blieb nichts anderes übrig, als mit Alvgrim zu kämpfen. Er beschwor ihn, flehte, bettelte, und am Ende konnte er ihn beruhigen. Drei Tage rang er ihm ab. Drei Tage, in denen Alvgrim stillhalten sollte, damit ihre Männer nicht misstrauisch wurden. Jarven fühlte sich völlig leer, als er danach Alvgrims Bauchwunde wusch und einen frischen Verband mit den gesammelten Kräutern auflegte. Ein Täuschungsmanöver, wie alles andere. Die Wunde war fast schon verheilt. Noch einmal vergewisserte er sich, dass sein Feldherr sich an die Abmachung hielt. Alvgrim blieb ruhig, nur das Feuer in seinen Augen flackerte fiebrig.

Jarven ging hinaus vor das Zelt. Viele ihrer Krieger standen oder saßen in Kilrims Nähe, wohl, weil sie die Nachricht vom Tod ihres Feldherrn erwarteten. Der verzweifelte Ausdruck ihrer Gesichter sprach davon. Jarven stellte sich vor sie hin, straffte seine Haltung. »Der Feldherr ist auf dem Weg der Besserung. Die Wunde heilt.«

Kilrim starrte Jarven an, mit einem Gesichtsausdruck, den er nicht zu deuten vermochte. Er verschwand plötzlich im Zelt. Wenig später kam

Kilrim wieder heraus, leichenblass. »Es ist wahr. Die Rache ist mit uns.«

Es verbreitete sich im Lager wie ein Lauffeuer. Ein Wunder war geschehen. Ihr Feldherr lebte.

Jarven beschlich jedoch ein ungutes Gefühl. Kilrim ahnte etwas. Nicht, dass der Mann eine Andeutung gemacht hätte. Er schaute Jarven nur an mit einer Mischung aus Bedauern und Entsetzen.

Jarven hielt diesen Blick nicht aus und ging zurück zu Alvgrim. Doch auch sein Feldherr munterte ihn nicht auf. Alvgrim war ein anderer geworden. Fremd, besessen.

»Gib mir ein Stück von dem Horn und sammle die Schwerter ein.« Alvgrim hielt den Mörser auf dem Schoß und streckte die Hand aus. »Nun mach schon!«

»Mein Freund. Was willst du damit?« Jarven versuchte, die alte Vertrautheit wiederherzustellen. Vergebens.

»Was glaubst du wohl?« Die Stimme des Feldherrn klang hart. »Die Vahelior haben das Blut der Einhörner getrunken. Ich weiß es, seit du mir dieses Pulver gegeben hast. Deshalb konnten wir sie nie besiegen. Aber jetzt brechen andere Zeiten an.«

In Jarven stieg eine nie gekannte Kälte auf. War es Angst? Wo waren die Gefährten des Einhorns, das er getötet hatte?

Alvgrim ließ ihm keine Zeit zum Grübeln. Seine Stimme wurde drohend und das Feuer in seinen Augen loderte auf. »Gib mir jetzt von dem Horn! Sofort!«

In den Stunden danach bestrich Alvgrim eigenhändig jedes Schwert im Lager mit einer harzigen Masse, in die er das Pulver aus dem Horn des Einhorns gemischt hatte. Er sprach von einem mächtigen Zauber, der die Vahelior endgültig besiegen würde. Die einfachen Männer vertrauten ihm. Nur Kilrim blieb distanziert. »Ein Zauber? Von wem? Die magische Gilde wurde ausgelöscht. Die zauberkundigen Männer und Frauen sind tot.«

»Alvgrim braucht sie nicht. Du wirst sehen.« Jarven blieb gelassen. Äußerlich. In seinem Inneren wuchs die Angst vor einer unbestimmten Gefahr.

Am vierten Tag nach seiner Wiedererweckung stellte sich Alvgrim an die Spitze seiner Kriegerschar. Nicht ein einziges Mal vergewisserte er sich, ob Jarven an seiner Seite war, so wie früher. Es schien ihm gleichgültig zu sein. Jarven fühlte sich verlassen, aber er ließ sich nichts anmerken. Alvgrim reckte sein Schwert in Richtung der Stadt Kildora, deren Mauern im Schein der aufgehenden Sonne glutrot aufleuchteten.

»Blut und Feuer«, schrie er und in seinen Augen loderte es.

Jarven küsste sein Schwert, flüsterte: »Rache für Mara.«

Kurz darauf stürmten sie in die Stadt, vielmehr in das, was von ihr noch übrig war. Die Vahelior verschanzten sich hinter den verbliebenen Mauern und in den Türmen, doch diesmal hatten sie keine Chance. Alvgrim hatte recht gehabt. Das Pulver vom Horn des Einhorns half ihnen. Bis zum Abend lag alles in Schutt und Asche und keiner, der in der Stadt gewesen war, lebte noch. Jarven wurde vom Grauen geschüttelt. Sein Feldherr, den er geliebt hatte, unterschied nicht mehr zwischen Feind und Freund. Er metzelte auch die von den Vahelior unterjochten Bewohner der Stadt nieder, Frauen und Kinder, und sein einziger Ruf galt Blut und Feuer. Jarven machte ihm schwerste Vorwürfe, doch es rührte Alvgrim nicht.

»Der Krieg fordert Opfer.«

Mehr sagte Alvgrim nicht dazu. Er plante fieberhaft die nächsten Schritte und das Feuer in seinen Augen, das für kurze Zeit ruhiger geworden war, loderte wieder.

Schon am nächsten Tag bauten sie das Lager ab und zogen in das Land des Feindes, zu den Vahelior, um auch dort Rache zu üben. Feuer und Blut regierten von nun an. Alvgrim ruhte nicht eher, bis das ganze Land verwüstet war. Die Krieger folgten ihm, starben für ihn, doch nicht mehr aus Bewunderung für Alvgrim, sondern aus Angst vor seinem Zorn. Kilrim kam immer wieder zu Jarven und beschwor ihn. »Ein Dämon wohnt in ihm. Wir wissen es alle. Mach ein Ende!«

Jarven schüttelte jedes Mal den Kopf. Er fühlte sich so hilflos. Alvgrim ließ nicht mit sich reden. Der Blutfleck in seinem linken Auge wuchs und das Feuer entzündete ihn. Als er begriff, dass ein Teil der Vahelior nach Armaii geflohen war, um in den Dörfern Zuflucht zu suchen, jagte er ihnen nach. Bald gab es auch in ihrem eigenen Land Armaii kaum noch einen, der die Felder bestellte. Alvgrim schien das nicht zu rühren, er kam nicht zur Ruhe und schrie weiter nach dem Anblick von Blut und Feuer. Sein Auge erblickte eines der letzten, noch bestehenden Dörfer: Marasor, einsam gelegen an der Küste.

Kilrim kniete vor Jarven nieder. Das Leid nahm dem Krieger die Worte und stumm presste er ihm die Hände.

Am Abend ging Jarven zu Alvgrims Zelt. Hinter seinem Rücken verbarg er die Spitze des Einhornhorns. »Es muss ein Ende haben«, sagte er zu ihm.

»Es kann nicht enden. Das Licht meiner Augen ist Blut und Feuer. Nur das kann ich sehen, sonst nichts«, erwiderte Alvgrim.

»Dann muss es dunkel werden.« Jarven trat auf ihn zu und hob das Horn. Aber er zögerte, brachte es nicht fertig. Da packte Alvgrim seine Hände, sah ihm in die Augen und stieß sich das Horn selbst in den Hals. Der Feldherr sank zu Boden. Sein Gesicht, das eben noch wie eine steinerne Maske gewirkt hatte, entspannte sich.

»Mein Freund«, flüsterte er. »Ich bin frei.« Der Blutfleck in seinem linken Auge verrutschte und sammelte sich als blutige Träne im Augenwinkel. Sein Kopf fiel zur Seite und die feurige Unruhe erlosch. Aus seinem halb geöffneten Mund stieg eine kleine, blausilberne Flamme auf, und aus ihr löste sich der Umriss eines Einhorns, das durch die Luft davonstob.

Jarven weinte. Nicht nur um Alvgrim, der sich am Ende doch noch einmal ihrer Freundschaft erinnert hatte, sondern vor allem um das getötete Einhorn, aber auch um Mara, sich selbst und um diejenigen, die durch seine Schuld gelitten hatten. Als er keine Tränen mehr hatte, ging er nach draußen und versammelte den kleinen Rest von Kriegern um sich herum.

»Es ist zu Ende. Der Dämon ist fort und unser Feldherr Alvgrim ist tot«, sagte er.

Am nächsten Morgen, nachdem Alvgrim bestattet war, gingen sie im Frieden in das Dorf Marasor.

Nur wenige Frauen und Männer lebten dort. Einer davon war ein Vahelior.

»Warum dieser Krieg?«, fragte Jarven ihn.

»Ich weiß es nicht. Die Mächtigen haben ihn befohlen, und wir wehrten uns nicht, erkannten nicht die Flamme der Finsternis, die uns prüfte — und verschlang.«

Der Mann neben dem Vahelior legte tröstend die Hand auf dessen Arm. »Wir bauen alles neu auf — gemeinsam.« Dann verbeugte er sich vor Jarven. »Ich bin Zartak, der letzte von der magischen Gilde aus Kildora.« Wie zum Beweis streckte er seine Hand aus und zeigte etwas. »Der magische Stein. Ich sollte ihn verstecken. So bin ich hierher gekommen.«

»Ein Kiesel.« Jarven wunderte sich.

Zartak nickte. »Seine Magie war mit den Einhörnern verbunden. Als das letzte starb, zerbarsten die Türme unserer magischen Gilde und die Macht des Steins erlosch.«

Jarven schwankte, als hätte er einen heftigen Hieb erhalten. Wenn Kilrim ihn nicht gestützt hätte, wäre er gefallen. Er erinnerte sich an die Explosion, die er vom Eichenwald aus gesehen hatte. Alles seine Schuld! Das letzte Einhorn, getötet durch seine Hand, und anschließend hatte er einen Dämon erschaffen. Wofür?

Sie blieben im Dorf und Jarven richtete sich dort mit seinen Gefährten ein, so gut es ging. Er arbeitete hart und tat alles, damit die kleine Gemeinschaft überleben konnte. Er führte sie. Kilrim unterstützte ihn, und obwohl er wusste, was Jarven getan hatte, blieb er ein Freund.

An Alvgrims erstem Todestag warf Jarven die Reste des Einhornhorns von einem Felsen aus ins Meer. Der Weg dorthin führte durch einen Kiefernwald.

Auf dem Rückweg, den er mit leichteren Schritten antrat als den Hinweg, sah er zwischen den Bäumen ein silberblaues Schimmern. Vorsichtig ging er näher heran und dann sah er, was er sein Leben lang nur für eine Legende gehalten hatte: ein rabenschwarzes Einhorn. Es knabberte friedlich an ein paar Zweigen, umtanzt von Schmetterlingen. Das magische Geschöpf hob den Kopf und schaute in seine Richtung. Sekundenlang starrte Jarven ihm in die Augen, in denen ein Feuer glühte. Er erschrak. Doch das ungewöhnliche Einhorn schnaubte nur einmal kurz, als wenn es einen alten Freund begrüßte, und fraß dann ruhig weiter.

Als Jarven wenig später ins Dorf lief, kam ihm Zartak entgegen. »Das Licht ist zurückgekehrt! — Endlich hat der Dämon seinen Frieden gefunden. Durch was, weiß ich nicht, aber er muss vor

Kurzem ein Einhorn geboren haben, ein ganz besonderes, ein schwarzes, wenn ich mich nicht sehr täusche. Es wird uns beschützen. Schau — eben hat er begonnen, zu leuchten«, rief er glücklich und hielt ihm die geöffnete Hand mit dem magischen Stein hin, dessen heller Schein erst wie ein Flamme aufloderte und sich dann intensiv strahlend um das ganze Dorf legte.

Über die Autorin

Die Autorin Angela Mackert, geboren im Jahr 1952 in Karlsruhe, lebt und arbeitet in Ettlingen. Nach einer Karriere als Geschäftsführerin eines Einzelhandelsbetriebs erfüllte sie sich einen ihrer Lebensträume und gründete eine eigene Schule für Astrologie und Tarot. Als Expertin für Esoterik veröffentlicht Angela Mackert gefragte Fachbücher. Daneben schreibt sie Geschichten und Romane, die oft von einem mystischen und geheimnisvollen Flair durchzogen sind. Mehr über die Autorin unter: www.angela-mackert.de

Angela Mackert
Die Farbe der Dunkelheit
Antiquerra-Saga 1

264 Seiten, Paperback
ISBN 978-3-7392-1992-9
auch als eBook erhältlich

Antiquerra-Saga — Begleiten Sie die Halbfee Lena und ihre Gefährten auf der gefährlichen Reise durch die Schattenwelt und begegnen Sie göttlichen Königinnen, mutigen Feen, Lichtmagiern, Alraunen und Vampiren. Erleben Sie den Verlauf von Jahrzehnten und lassen Sie sich berühren von Mut, Freundschaft und Liebe.

Band 1:
Die ewigen Königinnen Alyssa und Tahereh regieren über Leben und Tod, das Licht und den Schatten. Aus Eifersucht will Tahereh alle lebenserhaltenden Kräfte zerstören. Nur die sechzehnjährige Lena kann sie aufhalten. Sie öffnet das Tor zwischen den Welten und begibt sich auf den gefährlichen Weg ins Schattenreich. Begleitet wird sie von einer bunt gemischten Gruppe aus Feenkriegern, Lichtmagiern und Alraunen. Als völlig unerwartet Vampire auftauchen, wird es kritisch, und zu allem Überfluss scheint Lenas Führer Niven ein dunkles Geheimnis zu hüten.

Leseprobe **Prolog**

Barfuß ging Königin Tahereh durch den Wald. Dämmrige Schatten zogen hinter ihr her, hüllten die Bäume ein, und ließen ihre Gestalt wie ein Schemen erscheinen. Sie folgte einem geheimen Pfad, weitab des ebenen Wegs. Überall wucherten Hecken, deren Dornen ihre nackten Füße zerkratzten. Königin Tahereh nahm es kaum wahr. Ein paar Stiche. Ein paar Tropfen Blut. Was war das schon im Vergleich zu dem wütenden Schmerz in ihrem Inneren. Aber bald war alles vorbei. Ein Lächeln spielte um den Mund der Königin, während sie in gleichmäßigem Tempo vorwärtsging. Ihr langes, schwarzes Haar wippte im Takt ihrer Schritte. Fast heiter. Sollten die Dornen sie doch verletzen. Es war nur ein hilfloser Versuch, sie auf ihrem Weg aufzuhalten. Füße und Hände, mehr von ihrem Körper erwischten die Stacheln nicht. Ihr nachtblaues Kleid mit der endlosen Schleppe schützte sie. Die Hecken durften es nicht berühren, zogen sich davor zurück. Die an der Schulter des Gewands angenähte Schleppe, mit der Tahereh des Nachts das Firmament verdunkelte, schwebte hinter ihr her, ohne von einem Baum oder einem Zweig berührt zu werden. Als unerwartet ein Laut ertönte, blieb Tahereh stehen.

Ein Kauz lockte mit seinem Ruf. »Ku-Witt. Ku-Witt. Komm mit. Komm mit!«

»Sei still! Ich kenne meinen Weg.« Taherehs Gesicht nahm einen misstrauischen Ausdruck an. Sie schaute auf die Strecke zurück, die sie gegangen war. Nirgends regte sich etwas. Nicht einmal ein Windhauch. Tahereh lachte leise auf und ging weiter. Wer sollte hierher kommen? Sie hatte Vorkehrung getroffen. Niemand außer ihr würde je diesem Pfad folgen.

Wieder und fordernd tönte der Ruf der Waldeule. Taherehs Schritt stockte erneut. Die Hecken streckten ihre dornigen Finger aus und stachen heftig auf ihre blutenden Füße ein. Der Angriff entlockte ihr ein müdes Lächeln. Es erstarb, als ihr Blick die Eule streifte. Mit großen Augen schaute das Tier aus den Ästen eines Baumes zu ihr herunter. Beim Anblick dieser Augen stieg so jäh der Zorn ...

Antiquerra-Saga 1: DIE FARBE DER DUNKELHEIT
264 Seiten Paperback, ISBN 978-3-7392-1992-9